JN038753

低学年版

はりねずみの ルーチカ

たまごの あかちゃん だーれだ?

かんの ゆうこ 作　北見葉胡 絵

講談社

ルーチカは、げんきな
はりねずみの　おとこの　こ。

フェリエの　もりで、
くらして　います。

　ほら、ルーチカが
たのしそうに　あるいて　きますよ。
あたまに、ちょこんと　りんごを
のせて。

　フェリエの　もりは、ふしぎが
いっぱい。さて、きょうは　なにが
おこるかな。

フェリエの　もりに、
あめの　きせつが　やって　きました。
　もりじゅうが、やさしい　あめに
ぬれて、よろこびの　うたを
うたって　います。

そんな　ある　ひの　あさの　こと。
ふりつづいて　いた　あめが
ようやく　あがり、さわやかな
あおぞらが　ひろがりました。
　ルーチカは、げんきよく
とびおきると、まどを　いっぱいに
あけました。

しょくぶつたちの、あまくて
みずみずしい　かおりが　します。
にわを　みると、いろとりどりの
あじさいが、あふれるように
さいて　います。
「きれいだなあ。」

ルーチカが　うっとりと
あじさいを　ながめて　いた　とき、
あじさいの　しげみの　そばで、
なにかが　きらっと　ひかりました。
「あれ、なんだろう。」

ルーチカは、そとに　でました。
あじさいの　しげみに
ちかづいて　いくと……。

　そこには、にじいろに　かがやく、
きれいな　たまごが　おちて
いたのです。
　それは、ルーチカも　はじめて　みる
たまごでした。
　まるくて、てのひらに　のるほどの
おおきさで、さわると　しっとりして
います。

「にじいろ　たまご。きれいな　たまご。
いったい　なんの　たまごだろう。」

ルーチカは、あたりを
きょろきょろ。けれど、そばには
だれも　いません。
「この　まま　ほうって　おいて、
だれかに　ふまれたら　たいへんだ。」
　ルーチカは、たまごを　そっと
ひろいあげて、いえに　もどりました。
　よく　みると、たまごの　からの
ところどころが、うっすらと
すけて　います。

そこから、ぎんいろの　かがやきが、
ちらちらと　うごいて　みえるのです。

「なにか、うごいてる。だけど、
たまごの　なかの　こ、だれだろう。」

「あたためた　ほうが　いいのかなあ。
それとも、すずしい　ばしょに
おいた　ほうが　いいのかなあ。」

　なんの　たまごか　わからないと、
どう　やって　そだてたら　いいのかも
わかりません。
「そうだ！　ともだちの　ノッコに
きいて　みよう！」

ノッコと　いうのは、もりの
ようせいの　おんなの　こです。

　ノッコは、もりの　しょくぶつの
ことなら、なんでも　しって　います。
もしかしたら、ふしぎな　たまごの
ことも、しって　いるかも　しれません。
　ルーチカは、たまごを　もって、
さっそく　ノッコの　いえに
むかいました。

あるきながら、ルーチカは、
とくいの　うたを　うたいました。

♪ ぼくは ルーチカ ♪
　 はりねずみ
あたまのうえに
りんごを のせて
あるいて いくよ　どこまでも

こまった ひとが
いた ときは
おいしい りんごを あげるんだ

ルンララ ルンララ ルンラララ

ルーチカが、うたを　うたいながら
あるいて　いると、
「やあ、ルーチカ。どこへ　いくの？」
　もぐらの　ソルに、であいました。
　ルーチカは、てに　もって　いた
にじいろの　たまごを　ソルに
みせました。

「あじさいの　しげみの　そばで、
この　たまごを　みつけたの。」
　ソルは、めを　ぱちぱちさせて
いいました。
「にじいろ　たまご。きれいな　たまご。
ぼく、こんなの　みた　こと　ないよ。
あれっ、なかで　なにか　うごいてる！」

「そうなの。たまごの　なかの　こ、
いったい　なんの　あかちゃんかなあ？」
　ソルは、じっと　たまごを
みつめます。
「にわとりの　たまごじゃ　ないし、
かめの　たまごでも　ない。
へびの　たまごは、もっと　ほそながい。
うーん、ぼくにも　わからないや。」

すると、ルーチカが　みちの
むこうを　ゆびさしました。
「ぼく、これから　ノッコの　いえに
いって、きいて　みようと　おもうの。」
　ソルは、わくわくして
からだを　ゆすりました。
「ノッコなら、きっと　しってるよ！
ぼくも　いっしょに　いって　いい？」
「もちろん、いいとも。」
　ふたりは、ノッコの　いえに
むかいました。

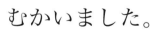

ノッコの　いえは、
おおきな　きの　うえに　たって　いる、
かわいい　おうちです。

ドアを、コン　コン　コン。

「はーい！」
　いえの　なかから、げんきな
こえが　きこえて　きて、ドアが
いきおいよく　ひらきました。
「あら、ルーチカと　ソル、
いらっしゃい。なかへ　どうぞ。」
　ふたりは、いえの　なかへ
はいると、さっそく　ノッコに
たまごを　みせました。

「けさ、あじさいの　しげみの
そばで、この　たまごを　ひろったの。」
　ノッコは、めを　まるく　して、
たまごを　みつめます。

「にじいろ　たまご。きれいな　たまご。
なんて　めずらしいのかしら。」
「この　たまご、なんの　たまごか
ノッコは　しらない？」
　ルーチカが　たずねると、ノッコは、
くびを　よこに　ふりました。
「にじいろに　かがやく　たまごなんて、
はじめて　みたわ。」
「そう……。」
　ルーチカは、しょんぼり。

「この　ままに　して　おいて、
だいじょうぶかなあ。たまごが
かえらなかったら、どう　しよう。」
　しんぱいそうに　ルーチカが
いいました。

その　とき、

「あっ、みて！」

　ソルが、さけびました。

「たまごの　なかの　こ、からを

つついてるよ！」

　からの　すけた　ところから、

ふたつの　くろい　めが、くるんと

うごくのが　みえました。

　たまごが、ぷる　ぷる　ぷるっと、

ふるえだしました。

ぱり　ぱり　ぱりっと、からに
ひびが　はいって、たまごの
なかの　こが、ちょこんと　かおを
のぞかせました。

さいしょに　めが　あったのは、
ルーチカです。
「きみは……。」
　たまごの　なかの　こが、
くいっ　くいっ　くいっと、からだを
よじらせ、さいごに　つるん、と
とびだして　きたのです。
「あっ！」
　三にんは、うえを　みあげて
さけびました。
「この　こは──。」
「そらうおの　あかちゃんだ！」

郵便はがき

112－8731

料金受取人払郵便

小石川局承認
1134

差出有効期間
2025年
7月3日まで
（切手不要）

東京都文京区
音羽 2 丁目 12 番 21 号

講談社　児童図書編集部

はりねずみの ルーチカ

読者アンケート係　行

ＩＩｌｌ·ＩＩ·ＩｌＩＩｌＩＩｌｌＩＩ····ｌｌＩｌＩｌＩｌＩｌＩｌＩｌＩｌＩｌＩＩＩＩＩｌＩｌＩＩＩＩ

お名前	
電話番号	
メールアドレス	
住所	
年齢	性別　　男　　女

お答えを小社の広告等に用いさせていただいてもよろしいでしょうか？
いずれかに〇をつけてください。〈YES　　NO　匿名なら YES〉

はりねずみのルーチカ
アンケート

この本を知ったきっかけや、
お求めになったきっかけを教えてください。

どのシーンが
よかったですか？

あなたの好きなキャラクターは誰ですか
その子のどんなところが好きなのかを教えてください。

その他ご意見、ご感想を教えてください。
次は、どんなお話が読みたいですか。

　そらうおは、おおぞらを
およぎながら、あめを　つれて
やって　くる、おおきな　おおきな
さかなたちの　ことです。

　たまごから　うまれて　きたのは、
まちがいなく　そらうおの
あかちゃんでした。うまれて
すぐに、くうちゅうを
およぎはじめたのですから。

そらうおの　あかちゃんは、
へやの　なかを　くるくる　まわって
およいだ　あと、ルーチカの　そばで
とまりました。
「ぴきゅっ　ぴきゅっ。」

ルーチカを　みつめて
あまえるように　ないて　います。
「きっと、ルーチカの　こと、
おやだと　おもってるのよ。」

「さいしょに　ルーチカと
めが　あったからだね。」
　ノッコと　ソルが、たのしそうに
わらいます。

「そらうおの　あかちゃん、なんて
かわいいんだろう。おとなに　なると、
とても　おおきいのに、あかちゃんの
ときは、こんなに　ちいさいんだね。」
　ルーチカが、そらうおの
あかちゃんを、やさしく　みつめます。
「なまえを　つけて　あげようよ。」
　ソルが、いいました。

「そうだね。きみは、ちいさい
そらうおだから、
『ちびうおくん』なんて　どう？」

ルーチカが　そう　いって、
あたまを　なでて　あげると、
そらうおの　あかちゃんは、
「ぴきゅっ　ぴきゅっ。」と　なきながら、
しっぽを　ぷるんと　ふりました。
「きに　いったみたいよ。」
　　ノッコが　にっこり　わらいます。
「よし、それじゃあ、きょうから
きみの　なまえは、ちびうおくんだ。」

すると、ちびうおくんは
うれしそうに、ルーチカの　おなかに
あたまを　こすりつけました。
　ルーチカは、ちびうおくんの
おかあさんに　なったような
きもちに　なって、むねが
ぽかぽかして　きました。

　つぎの　ひに　なると、
ちびうおくんは　もう　ひとまわりも
おおきく　なって　いました。
「やあ、おおきく　なるのが
はやいなあ！」

ルーチカが　おどろくと、
ちびうおくんは、
「ぴきゅっ　ぴきゅっ。」
と　なきながら、ルーチカの　まわりを
くるくると　およぎました。

「きっと　おなかが　すいてるんだね。
だけど、なにを　たべさせて
あげたら　いいだろう。」
　その　とき、ちびうおくんが
ルーチカの　あたまの　うえの
りんごを、つん　つんと、
つつきました。

「これ、たべたいの？
よし、それじゃあ、すりおろしりんごを
つくって　あげるね！」
　ルーチカは、ナイフと　おろしきを
もって　きました。りんごの　かわを
むいて、りんごを　きりわけました。
　たねを　とって、おろしきで
りんごを　すりおろしました。

「よし、できた。
ちびうおくん、おいで。」
　ルーチカは、すりおろしりんごを
スプーンで　すくって、ちびうおくんの
くちもとに、はこんで　あげました。

すると、ちびうおくんが
おいしそうに　たべはじめたでは
ありませんか。
「よかった！　りんごが　あれば、
しばらくは　だいじょうぶだね。」
　けれど、いつまでも　ちびうおくんと
いっしょに　いる　わけには　いかない、
と　ルーチカは　おもいました。

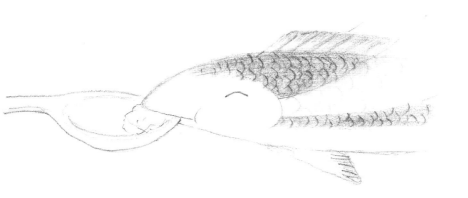

　そらうおは、なかまたちで　むれを
つくり、おおぞらを　たびしながら
いきて　いく　さかなだからです。
「つぎに　あめが　ふった　ときには、
なんとかして、ちびうおくんを
なかまの　もとへ　かえして
あげなくちゃ。」

また　なんにちか　すぎました。
　ちびうおくんの　からだは、
ずいぶん　おおきく　なりました。
　けれど、まだまだ　こどもの
ちびうおくん。いえの　なかでも
そとでも、ルーチカの　あとを
おいかけて、そばから
はなれようと　しません。

ルーチカも、ちびうおくんが、
かわいくて　かわいくて、
たまらないのです。
（この　まま　ずっと、いっしょに
いられたら　いいのに……。）
　そんな　ことを　おもわず
かんがえて　しまった　ルーチカは、
あたまを　ぷるぷるっと　ふりました。
（だめ　だめ。ちびうおくんは、
そらうおの　なかまと　くらす
ことが、いちばん　しあわせなんだ。）

それにしても、なかなか　あめが
ふらないなあ、と　ルーチカは
そらを　みあげて　おもいました。

ある　ひの　こと、ルーチカと
ちびうおくんは、ソルと　ノッコと
いっしょに、もりで　かくれんぼを
する　ことに　しました。
「ちびうおくん、みーつけた！」
　　かくれんぼの　おにだった
ルーチカが、いわの　うしろに
かくれて　いた　ちびうおくんを
みつけました。

「こんどは、ちびうおくんが　おにの
ばんだよ。『もう　いいよー！』って
きこえるまで、むこうを　むいててね。
『もう　いいよー！』って　きこえたら、
ぼくたち　みんなを　さがすんだ。」
　ルーチカが　おしえて　あげると、
ちびうおくんは、「ぴきゅっ。」と
こえを　あげ、くるんと　うしろを
むきました。

「さあ、かくれるわよ！」
　ノッコが、こえを　かけると、
ルーチカと　ソルも　かけだします。
　ルーチカは、セージの　しげみの
なかへ　かくれました。ソルは、
おおきな　きの　うろの　なかへ
かくれます。

　ノッコは、するすると　きの
うえに　のぼって、はっぱの　かげに
かくれました。

「もう　いいよー！」
　ルーチカが、セージの　しげみの
なかから　さけぶと、

　ちびうおくんは、
「ぴきゅっ。」
と　へんじを　して、みんなを
さがしはじめました。

「ぴきゅっ　ぴきゅっ。」

　くうちゅうを　じゆうに　およげる
ちびうおくんは、すぐに　きの　うえに
いた　ノッコを　みつけました。

　つぎに、きの　うろの　なかに　いた
ソルも　みつけました。

ところが、ルーチカだけは、
なかなか　みつける　ことが
できません。
　セージの　しげみの　なかに　いる
ルーチカからは、みんなの　ことが
よく　みえます。けれど、セージの
はっぱに　うまく　まぎれた
ルーチカの　すがたは、そとからは
まったく　みえないのです。

　ちびうおくんは、あちこち
およぎまわり、あたりを
きょろきょろ。

　いっしょうけんめい　ルーチカを
さがしますが、どうしても　みつける
ことが　できません。
　（そろそろ、でて　いった　ほうが
いいかなあ。）
　ルーチカが　そう　おもった
ときです。
　ぽつん。

ルーチカの　あたまの　うえに、
あまつぶが　おちて　きました。
　ノッコと　ソルの　あたまの
うえにも、ちいさな　あまつぶが
ぽつん、ぽつん。
「あめが　ふって　きた。」

すると、どうでしょう。
あまぐもの　むこうから、
おおきな　おおきな　そらうおの
むれが、こちらへ　むかって
およいで　くるでは　ありませんか。

「そらうおたちが、やって　きたわ。」
「すぐに　あめが　つよく　なるぞ。」
　ノッコと　ソルは、いそいで、
きの　うろの　なかに　かくれました。
　ちびうおくんも、そらうおの
むれに　きが　ついて、じっと
そらを　みあげて　います。

はいいろの　くもが、

あっと　いう　まに　そらを　おおい、

しめった　かぜが、もりの　なかを

ふきぬけて　いきます。このはが、

ざわざわ　おとを　たてて　さわぎだし、

あめが　ざあーっと　つよく

なりました。

「ルーチカ、だいじょうぶかなあ。」
「いったい、どこに　いるのかしら。」
　ふたりが　あまやどりを
して　いる　あいだも、
ちびうおくんは　ひっしに　なって
ルーチカを　さがしつづけます。

そらうおの　むれが　あたまの
うえに　ちかづくに　つれて、
ちびうおくんが
そわそわしはじめました。

「ちびうおくんも、そらうおが
きに　なるみたい。」
「きっと、なかまが　やって　きた
ことが　わかるんだよ。」

ちびうおくんは、ルーチカを
さがしながらも、そらうおの
むれを　ちらちらと
みて　います。
「ルーチカー！」
「ルーチカ、でて　きてー。
ちびうおくんが
いっちゃうわよー！」
　　ノッコと　ソルも、
あめに　ぬれるのも　かまわずに、
ルーチカを　さがしはじめました。

ルーチカは、しげみの　なかで、
じっと　した　まま、ぎゅっと　てを
にぎり、くちびるを
かみしめました。
　ふたりが　どんなに
よびかけても、
ルーチカは　そこから
うごきませんでした。
　そらうおの　むれが、おおきな
ひれを　ひらり　ひらりと
うごかしながら、いよいよ
みんなの　うえを
とおりすぎようと　した　ときです。

「ぴきゅっ　ぴきゅっ……。」
　ちびうおくんは、かなしそうな
こえで　なきながら、とうとう
ルーチカを　さがすのを　やめました。
　そうして、そらうおの　むれを
めざして、ふらふらと
およぎだしたのです。
「ぴきゅっ　ぴきゅっ　ぴっ……。」

ちびうおくんは、ふあんそうな
かおで、なんども　なんども、
うしろを　ふりかえります。
　まだ　ちいさくて　たよりない
ひれを、いっしょうけんめい
うごかしながら、そらを
のぼって　いく　ちびうおくん。
　ときどき　かぜに　ながされながらも、
ひっしに　なって　およぎつづける
ちびうおくんを、ルーチカは
なみだを　こらえて　みまもります。

　とうとう　そらうおたちに
おいつくと、ちびうおくんは、
むれの　なかに　すいこまれるように
きえて　いきました。

「いっちゃったね。」
「うん。いっちゃった……。」
　ノッコと　ソルが、さびしそうに
つぶやいた　とき、セージの
しげみの　なかから、ルーチカが
そっと　でて　きました。
「ルーチカ！　そこに　かくれてたの。」

「ちびうおくん、そらうおの　むれと
いっしょに　いっちゃったよ。」
　ふたりが、ざんねんそうに
いいました。
　ルーチカは、こくんと　うなずき、
「ぼくも、セージの　しげみの
なかから、ちびうおくんを
みてたんだ。」
と、いいました。

「ちびうおくん、ルーチカの　こと
ずっと　さがしてたよ。」
「さいごに、さよならを
いわなくて　よかったの？」

　　ふたりが　いうと、ルーチカは
すこし　さびしそうに、それで　いて
とても　しあわせそうに　こたえました。
「いいんだ、これで。」

ふりつづいて　いた　あめは、
いつの　まにか　やんで　います。
「これで、いいの。」

　それを　きいた　ノッコと　ソルも、
うなずいて　いいました。
「うん、そうだね。」
「そうだよね。」

　その　とき、くもの　あいだから
おひさまが　かおを　だしました。
　そらうおたちが　きえて　いった
そらの　むこうに、おおきな　にじが
かかりました。

「わあ……。」

　ルーチカたちは、

むねが　いっぱいに　なって、

すきとおるような　あめあがりの

そらを、いつまでも　いつまでも

みあげて　いました。

あたまのうえのりんごのうた

作詞：かんのゆうこ
作曲：北見葉胡

ぼく は ルー チ カ はり ね ずみ
こまっ た ひと が いた とき は

あた まの うー え に りんごを の せー て
おい しい りんご を あー げ るーん だ

あるいて いくー よ どこ まーで もー
ルンラ ラ ルン ララ ルン ラーラ ラー

♪ぼくは　ルーチカ　はりねずみ
あたまの　うえに　りんごを　のせて
あるいて　いくよ　どこまでも

こまった　ひとが　いた　ときは
おいしい　りんごを　あげるんだ
ルンララ　ルンララ　ルンラララ

かんのゆうこ
東京都生まれ。東京女学館短期大学文科卒業。児童書に、「はりねずみのルーチカ」シリーズ、「り
りかさんのぬいぐるみ診療所」シリーズ（ともに絵・北見葉胡）、「ソラタとヒナタ」シリーズ（絵・
くまあやこ）、絵本に、『はこちゃん』（絵・江頭路子）、プラネタリウム番組にもなった『星うさぎ
と月のふね』（絵・田中鮎子）（以上、講談社）などがある。令和6年度の小学校教科書『ひろがる
ことば 小学国語 二上』（教育出版）に、絵本『はるねこ』（絵・松成真理子／講談社）が掲載される。

北見葉胡 (きたみ・ようこ)
神奈川県生まれ。武蔵野美術短期大学卒業。児童書に、「はりねずみのルーチカ」シリーズ、「りり
かさんのぬいぐるみ診療所」シリーズ（ともに作・かんのゆうこ／講談社）、絵本に、『マーシカちゃ
ん』（アリス館）、『マッチ箱のカーニャ』（白泉社）など。ぬりえ絵本に、『花ぬりえ絵本　不思議な
国への旅』（講談社）がある。2005年、2015年に、ボローニャ国際絵本原画展入選、2009年『ル
ウとリンデン　旅とおるすばん』（作・小手鞠るい／講談社）が、ボローニャ国際児童図書賞受賞。

わくわくライブラリー
低学年版 はりねずみのルーチカ
ていがくねんばん
たまごの　あかちゃん　だーれだ？

2024年3月26日　第1刷発行

作　者　かんのゆうこ

絵　　　北見葉胡
きたみ ようこ

装　丁　丸尾靖子

発行者　森田浩章

発行所　株式会社 講談社
〒112-8001　東京都文京区音羽2-12-21
編集 03(5395)3535　販売 03(5395)3625　業務 03(5395)3615

印刷所　株式会社 精興社

製本所　島田製本株式会社

ＤＴＰ　脇田明日香

N.D.C.913　79p　22cm　©Yuko Kanno/Yoko Kitami　2024　Printed in Japan

ISBN978-4-06-534854-3

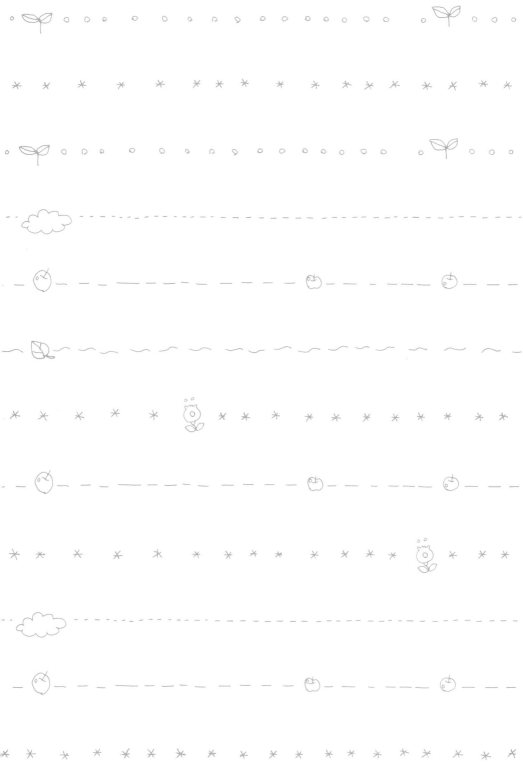